| Propriedade da Biblioteca Escolar de Hogwarts ||
Emprestado a	Data de Devolução
O. Wood	9 Abril
B. Dunstar	16 Maio
M. Funt	22 Junho
C. Diggory	3 Julho
A. Johnson	19 Julho
E. Macmillan	12 Agosto
T. Boot	21 Agosto
S. Fawcett	16 Setembro
K. Bundy	10 Outubro
K. Bell	19 Outubro
C. Warrington	13 Novembro
J. Domy	5 Dezembro
T. Nott	22 Janeiro
S. Copper	31 Janeiro
M. Bulstrode	6 Fevereiro
F. Weasley	15 Fevereiro
H. Granger	2 Março
H. Potter	11 Março

Aviso: Se você remover folhas, rasgar, picar, vincar, dobrar, deformar, desfigurar, sujar, manchar, jogar, deixar cair ou, de qualquer outra maneira, danificar, maltratar ou demonstrar falta de respeito com este livro, sofrerá as piores consequências que eu puder lhe infligir.

Irma Pince, bibliotecária de Hogwarts

Título original
QUIDDITCH
Through the Ages

Copyright do texto © J. K. Rowling, 2001
Copyright das ilustrações e das letras desenhadas © J. K. Rowling, 2001

Primeira publicação na
Grã-Bretanha em 2001 pela Bloomsbury Publishing Plc,
38 Soho Square, Londres, W1D 3HB
Todos os direitos reservados.

O direito moral da autora foi assegurado.

Direitos para a língua portuguesa reservados
com exclusividade para o Brasil à EDITORA ROCCO LTDA.
Av. Presidente Wilson, 231 – 8º andar
20030-021 – Rio de Janeiro – RJ
Tel.: (21) 3525-2000 – Fax: (21) 3525-2001
rocco@rocco.com.br/www.rocco.com.br

Printed in Brazil/Impresso no Brasil

CIP-Brasil. Catalogação na fonte.
Sindicato Nacional dos Editores de Livros, RJ.

R788q	Rowling, J. K (Joanne K.)
	Quadribol através dos séculos / Kennilworthy Whisp; tradução de Lia Wyler. – Rio de Janeiro: Rocco 2001.
	Tradução de: Quidditch through the ages
	Escrito por J. K. Rowling como autora fictícia
	ISBN 85-325-1322-0
	1. Literatura infantojuvenil. I. Wyler, Lia. II. Título.
01-1341	CDD-028.5
	CDU-087.5

Kennilworthy Whisp

QUADRIBOL ATRAVÉS DOS SÉCULOS
(Quidditch Through the Ages)

Tradução de
LIA WYLER

CRÍTICAS A
QUADRIBOL ATRAVÉS DOS SÉCULOS

"A pesquisa minuciosa de Kennilworthy Whisp trouxe à luz um verdadeiro tesouro de informações ainda desconhecidas sobre o esporte dos bruxos. Uma leitura fascinante."

— Bathilda Bagshot, autora de *Uma história da magia*

"Whisp produziu um livro agradabilíssimo; os fãs do quadribol certamente o acharão instrutivo e divertido."

— Editor, *Qual vassoura?*

"Uma obra definitiva sobre as origens e a história do quadribol. Altamente recomendável."

— Bruto Scrimgeour, autor de *A bíblia do batedor*

"O Sr. Whisp é um autor muito promissor. A continuar nesse ritmo, logo será fotografado em minha companhia!"

— Gilderoy Lockhart, autor de O *meu eu mágico*

"Aposto o que os leitores quiserem que este livro vai ser um bestseller. Vamos, quem quer apostar comigo?"

— Ludovic Bagman, batedor da Inglaterra
e dos Wimbourne Wasps

"Já li obras piores."

— Rita Skeeter, *Profeta Diário*

Comic Relief (Reino Unido) foi fundada em 1985, por um grupo de comediantes britânicos, a fim de angariar fundos para projetos que promovam a justiça social e ajudem a conter a pobreza. Cada centavo doado a Comic Relief é encaminhado para onde é mais necessário, por intermédio de organizações internacionalmente reconhecidas como a *Save the Children* e a *Oxfam*. O dinheiro obtido com a venda deste livro no mundo inteiro ajudará as comunidades mais pobres, nos países menos favorecidos do planeta; o dinheiro obtido com as vendas no Reino Unido será destinado a projetos britânicos.

SUMÁRIO

Sobre o autor 7
Prefácio 9
1. A evolução da vassoura voadora 13
2. Os jogos antigos com vassouras 15
3. O jogo do brejo de Queerditch 18
4. A chegada do pomo de ouro 21
5. Precauções antitrouxas 25
6. Mudanças no quadribol a partir do século XIV 27
   – *Campo* 27
   – *Bolas* 31
   – *Jogadores* 33
   – *Regras* 37
   – *Juízes* 40
7. Times de quadribol da Grã-Bretanha e da Irlanda ... 41
8. A disseminação do quadribol pelo mundo 47
9. A invenção da vassoura de corrida 55
10. O quadribol hoje 59

SOBRE O AUTOR

KENNILWORTHY WHISP é um famoso especialista em quadribol (e, segundo ele, um fã ardoroso desse esporte). É autor de muitas obras referentes ao quadribol, inclusive *Os assombrosos Vagamundos de Wigtown (The Wonder of Wigtown Wanderers)*, *Um louco no ar (He Flew Like a Madman)* (uma biografia de Dai Llewellyn, "O perigo") e *Como evitar balaços – um estudo de estratégias defensivas em quadribol (Beating the Bludgers – A Study qf Defensive Strategies in Quidditch)*.

Kennilworthy Whisp divide seu tempo entre uma residência em Nottinghamshire e "o lugar em que os Vagamundos de Wigtown estejam jogando na semana". Seus passatempos incluem o gamão, a culinária vegetariana e uma coleção de vassouras antigas.

PREFÁCIO

Quadribol através dos séculos é um dos títulos mais procurados da biblioteca escolar de Hogwarts. Madame Pince, nossa bibliotecária, me informa que o livro é "manuseado, babado e de um modo geral maltratado" diariamente – o que é um enorme elogio para qualquer livro. Quem joga ou assiste ao quadribol regularmente apreciará esta obra do Sr. Whisp, bem como os que se interessam de uma maneira mais ampla pela história da bruxaria. Do mesmo modo que fomos inventando o jogo de quadribol, ele também nos inventou; o quadribol une bruxos e bruxas de todas as posições sociais e os reúne para compartilhar momentos de euforia, vitória e desespero (no caso dos torcedores dos Chudley Cannons [Canhões de Chudley]).

Foi com alguma dificuldade, devo confessar, que convenci Madame Pince a me entregar um dos seus exemplares para poder mandar copiá-lo e, dessa maneira, torná-lo acessível a um número maior de leitores. De fato, quando lhe contei que ia copiá-lo para que os trouxas pudessem lê-lo, ela não só perdeu temporariamente a fala como também não se mexeu ou piscou durante vários minutos. Quando voltou a si, teve a consideração de me perguntar se eu perdera o juízo. Tive, então, o prazer de tranquilizá-la a esse respeito e de lhe explicar minhas razões para tomar essa decisão sem precedentes.

Os leitores trouxas não precisam que eu lhes diga o que é o trabalho do Comic Relief, mas vou repetir a explicação que dei à Madame Pince para benefício das bruxas e dos bruxos que comprarem o presente livro. O Comic Relief é uma obra que usa o riso para combater a pobreza, a injustiça e a calamidade. A alegria que a obra espalha é convertida em grandes somas de dinheiro (174 *milhões* de libras desde que começou em 1985 – mais de 34 milhões de galeões). Todos os envolvidos em trazer este livro até você, desde o autor até a editora; fornecedores de papel, gráficas, encadernadores e livreiros, contribuíram com seu tempo, energia e material gratuito ou a preços reduzidos, fazendo com que os lucros obtidos com sua venda fossem destinados a um fundo aberto em nome de Harry Potter pela Comic Relief U. K. e por J. K. Rowling. Este fundo foi criado especificamente para ajudar crianças necessitadas ao redor do mundo. Quando você comprar este livro – e eu o aconselharia a comprá-lo porque, se ficar folheando o livro sem pagar, vai descobrir que foi atingido pelo Feitiço contra Ladrão –, você também estará contribuindo para a missão mágica do Comic Relief.

    Eu estaria enganando meus leitores se dissesse que essa explicação deixou Madame Pince mais feliz em ceder um exemplar da biblioteca para os trouxas. Ela sugeriu várias alternativas, tais como dizer ao pessoal do Comic Relief que a biblioteca pegara fogo ou simplesmente fingir que eu morrera sem deixar instruções. Quando respondi que, de um modo geral, eu preferia continuar a seguir o meu plano original, ela concordou, com relutância, em me entregar o exemplar, ainda que, na hora de soltá-lo, tivesse perdido a coragem, me obrigando a forçá-la a abrir cada um dos dedos com que apertava a lombada do livro.

    Embora eu tenha desfeito os feitiços normais que são lançados sobre um livro de biblioteca, não posso prometer que não tenha restado algum vestígio neste exemplar. Todos sabemos que Madame Pince acrescenta azarações incomuns aos livros sob seus cuidados. Eu próprio, no ano passado, manuseei distraidamente um exemplar de *Teorias das transformações transubstanciais* e, no momento seguinte, o livro começou a me bater com força na cabeça. Por favor tenha cuidado com sua maneira de tratar este livro. Não arranque páginas. Não o deixe cair na água do banho. Não posso prometer que Madame Pince não vá assediá-lo de repente, onde quer que o encontre, para exigir o pagamento de uma pesada multa.

Agora só me resta agradecer o seu apoio ao Comic Relief e pedir aos trouxas que não experimentem jogar quadribol em casa; é claro que se trata de um esporte inteiramente fictício e ninguém o joga de verdade. Gostaria ainda de aproveitar a oportunidade para desejar ao Puddlemere United (União de Puddlemere) o maior sucesso em sua próxima temporada.

Alvo Dumbledore

Capítulo um
A evolução da vassoura voadora

Nenhum feitiço inventado até hoje permite aos bruxos voarem apenas com os recursos de sua forma humana. Os poucos animagos que se transformam em animais alados podem voar, mas são raros. A bruxa ou o bruxo que se vê transformado em um morcego pode levantar voo, mas, possuindo um cérebro de morcego, com certeza vai esquecer aonde queria ir no momento em que deixar o chão. A levitação é uma prática comum, mas nossos antepassados não se contentaram em planar a um metro e meio do chão. Quiseram mais. Quiseram voar como pássaros, mas sem a inconveniência de ter o corpo coberto de penas.

Hoje, estamos tão habituados à ideia de que todas as casas de bruxos na Grã-Bretanha dispõem no mínimo de uma vassoura que raramente paramos para nos perguntar qual é a razão disso. Por que a humilde vassoura iria se tornar o único objeto legalmente aceito como meio de transporte bruxo? Por que nós, no Ocidente, não adotamos o tapete voador tão apreciado pelos nossos irmãos orientais? Por que não preferimos produzir barris voadores, poltronas voadoras, banheiras voadoras – por que vassouras?

Bastante perspicazes para compreender que seus vizinhos trouxas procurariam explorar seus poderes, se conhecessem o seu alcance, os bruxos e bruxas ficavam quietos em seus cantos muito antes de o Estatuto Internacional de

Sigilo em Magia entrar em vigor. Se pretendessem guardar um veículo de transporte em casa, teria de ser algo discreto, fácil de esconder. A vassoura era ideal para isso; não exigiria explicação nem desculpa se fosse encontrada pelos trouxas, era portátil e de baixo custo. No entanto, as primeiras vassouras enfeitiçadas para voar tiveram os seus senões.

Há registros de que os bruxos e bruxas europeus já estavam usando vassouras em 962 d.C. Uma iluminura alemã desse período mostra três bruxos desmontando suas vassouras com expressões de estranho mal-estar no rosto. Guthrie Lochrin, um bruxo escocês, escreveu em 1107 que teve as "nádegas cravadas de farpas e as hemorroidas inflamadas" depois de um breve voo de vassoura de Montrose a Arbroath.

Uma vassoura medieval exibida no Museu do Quadribol, em Londres, nos dá uma ideia das razões para o mal-estar de Lochrin (ver Fig. A). Um cabo de freixo nodoso e sem verniz, com gravetos de amendoeira amarrados toscamente a uma ponta, não é nem confortável nem aerodinâmico. Os feitiços lançados sobre as vassouras eram igualmente básicos: ela podia se deslocar apenas para a frente e a uma dada velocidade; subia, descia e parava.

Naquele tempo, as famílias bruxas confeccionavam as próprias vassouras, por isso havia uma enorme variação na velocidade, no conforto e no manuseio desse meio de transporte de que dispunham. Por volta do século XII, no entanto, os bruxos já haviam aprendido a trocar serviços entre si, a fazer escambo, de modo que um mestre artesão de vassouras podia trocá-las pelas poções que seu vizinho soubesse preparar melhor que ele. Quando as vassouras se tornaram mais confortáveis, os bruxos passaram a voá-las por diversão e não apenas para se transportarem do ponto A ao ponto B.

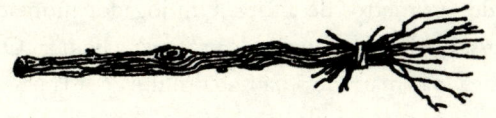

Fig. A

Capítulo dois
Os jogos antigos com vassouras

Os esportes com vassouras surgiram assim que as vassouras se aperfeiçoaram o suficiente para permitir aos pilotos fazerem curvas e variar de altitude e velocidade. Os textos e pinturas mágicos da Antiguidade nos dão uma ideia dos jogos praticados pelos nossos antepassados. Alguns já não existem; outros sobreviveram ou evoluíram até se tornarem os esportes que hoje conhecemos.

A famosa **Annual Broom Race** (Corrida Anual de Vassouras) da Suécia remonta ao século X. Os pilotos faziam o percurso Kopparberg-Arjeplog, uma distância pouco superior a 480 quilômetros. A rota atravessava uma reserva de dragões, e o imenso troféu de prata tem a forma de um Focinho-Curto sueco. Atualmente, essa corrida se transformou em um evento internacional, e bruxos de todas as nacionalidades se reúnem em Kopparberg para torcer pelos jogadores à saída e em seguida aparatam até Arjeplog para cumprimentar os sobreviventes.

O famoso quadro *Günther der Gewalttätige ist der Gewinner (Gunther, o violento, é o vencedor)* datado de 1105, nos mostra o antigo jogo alemão do **Stichstock** (Furabexiga). Colocava-se uma bexiga de dragão, cheia de ar, no alto de uma baliza de seis metros de altura. Um jogador montado em uma vassoura tinha a função de proteger a bexiga. O guarda-bexiga era amarrado à baliza com uma corda passada na cintura, de modo que ele ou ela não pudesse se afastar mais de três metros do seu posto. Os demais jogadores se revezavam voando até a bexiga e tentando perfurá-la com os cabos especialmente aguçados de suas vassouras. O guarda-bexiga podia usar a varinha para repelir os atacantes. O jogo terminava quando a bexiga era finalmente perfurada ou o guarda conseguia azarar todos os oponentes, eliminando-os do jogo, ou ainda quando caíam de exaustão. O jogo do Furabexiga desapareceu no século XIV.

Na Irlanda, floresceu o jogo do **Aingingein** (Fogaréu), tema de muitas baladas irlandesas (contam que o lendário bruxo Fingal, o destemido, foi campeão de Fogaréu). Um a um, os jogadores arrebatavam o dom ou bola (na realidade, a vesícula de um bode) e atravessavam correndo uma série de barris em chamas erguidos no ar por estacas. O dom era, então, atirado através do último barril. O jogador que conseguisse atirá-lo no menor tempo, sem ter ele mesmo pegado fogo no caminho, era o vencedor.

A Escócia foi o berço do jogo com vassouras provavelmente mais perigoso de todos – **Creaothceann** (Rachacrânio). O jogo é descrito em um poema trágico gaélico, do século XI, cuja tradução do primeiro verso é a seguinte:

Juntos, os jogadores, doze homens de força e coragem,
Caldeirões afivelados, aguardavam em posição
Que a trompa soasse para saírem velozes pelo ar
Mas, dentre eles, dez voavam ao encontro da morte.

Cada jogador do Rachacrânio usava um caldeirão afivelado à cabeça. Ao som da trompa ou do tambor, umas cem pedras e pedregulhos enfeitiçados, que pairavam a trinta metros de altura, começavam a cair em direção ao solo. Os jogadores voavam para cá e para lá tentando recolher o maior número possível de pedras em seus caldeirões. Considerado por muitos bruxos escoceses o supremo teste de virilidade e coragem, o Rachacrânio gozou de grande popularidade na Idade Média, apesar do número de fatalidades que causava. O jogo foi proibido em 1762, e embora Magno Macdonald, o Cabeça Amassada, liderasse uma campanha para sua reintrodução na década de 1960, o Ministério da Magia se recusou a revogar a proibição.

A **Shuntbumps** (Derrubada) foi um jogo popular em Devon, Inglaterra. Era uma forma rústica de justa com o único objetivo de desmontar da vassoura o maior número possível de jogadores, saindo vencedor o último combatente a permanecer montado.

O **Swivenhodge** (Malhaporco) começou em Herefordshire. Tal como o Furabexiga, esse jogo envolvia uma vesícula cheia de ar, em geral a de um porco. Os jogadores montavam as vassouras de trás para a frente e batiam na bexiga para cá e para lá, por cima de uma sebe, com a palha das vassouras. O jogador que errava marcava um ponto para o adversário. O primeiro a acumular cinquenta pontos era o vencedor.

O Malhaporco ainda é jogado na Inglaterra, embora nunca tivesse alcançado grande popularidade; a Derrubada sobrevive apenas como jogo infantil. Entrementes, no brejo de Queerditch, surgira um jogo que um dia iria se tornar o mais popular do mundo dos bruxos.

Capítulo três
O jogo do brejo de Queerditch

Devemos o nosso conhecimento das rústicas origens do quadribol aos escritos da bruxa Trude Keddle, que viveu às margens do brejo de Queerditch no século XI. Felizmente para nós, ela mantinha um diário, hoje no Museu do Quadribol em Londres. Os trechos citados a seguir foram traduzidos do original saxônio, repleto de erros de ortografia.

Terça-feira. Quente. Aqueles marginais da outra margem do brejo andaram aprontando outra vez.
Às voltas com aquele jogo idiota montados em vassouras. Uma bola enorme de couro veio parar na minha horta de repolhos. Azarei o homem que veio buscá-la. Quero ver ele voar ajoelhado de trás para a frente, porção peludo.

Terça-feira. Chuvoso. Entrei no brejo para colher urtigas. Os idiotas com as vassouras jogavam outra vez. Têm uma bola nova que atiram uns para os outros e tentam acertar em troncos de cada lado do brejo. Uma brincadeira inútil.

Terça-feira. Ventoso. Gwenog veio tomar chá de urtigas, depois me convidou para passear. Acabamos assistindo àqueles retardados jogarem o tal jogo do brejo. O bruxo grandalhão escocês que mora no alto do morro estava lá. Agora jogam com duas pedras pesadas que voam pelo ar e tentam derrubá-los das vassouras. Infelizmente isso não aconteceu enquanto eu estava assistindo. Gwenog me contou que, muitas vezes, até ela participa desse jogo. Voltei para casa chateada.

Estes excertos nos revelam muito mais do que Trude Keddle poderia ter imaginado, além do fato de que ela só conhecia um dia da semana. Em primeiro lugar, a bola que caiu em sua horta de repolhos era feita de couro, como a moderna goles – com certeza era difícil atirar com precisão a vesícula cheia de ar usada em outros jogos com vassouras da época, particularmente em dias ventosos. Em segundo lugar, Trude nos informa que os homens "tentavam acertar a bola nos troncos de cada lado do brejo" – ao que parece uma forma primitiva de marcar gols. Em terceiro lugar, ela nos permite formar uma vaga ideia dos precursores dos balaços. É interessantíssimo que estivesse presente o tal "bruxo escocês grandalhão". Teria sido um jogador de Rachacrânio? Seria ideia dele enfeitiçar pedras pesadas para fazê-las voar ameaçadoramente pelo campo, inspirada nos pedregulhos usados no jogo de sua terra natal?

Não encontramos outras menções do esporte praticado no brejo de Queerditch até um século mais tarde quando o bruxo Goodwin Kneen tomou a pena para escrever ao seu primo norueguês, Olavo. Kneen vivia em Yorkshire, o que comprova a disseminação do esporte por toda a Grã-Bretanha nos cem anos que decorreram desde que Trude Keddle assistia a ele. A carta de Kneen encontra-se nos arquivos do Ministério da Magia norueguês.

Caro Olavo,
 Como vai você? Eu estou bem, embora Gunhilda ande com uma cataporazinha de dragão.
 Participamos de uma animada partida de jogo do brejo na noite de sábado, ainda que a coitada da Gunhilda não estivesse se sentindo em condições de jogar como pegadora e precisássemos substituí-la por Radulfo, o ferreiro. O time de Ilkley jogou bem, ainda que não fosse páreo para nós, porque andamos praticando o mês inteiro e marcamos quarenta e dois gols. Radulfo levou um pedraço na testa porque o velho Ugga não foi bastante rápido com a maça. Os novos barris para marcação de gols funcionaram bem. Três na ponta de cada estaca, doados pela Oona da estalagem. Ela nos serviu quentão de graça a noite inteira porque ganhamos a partida, Gunhilda ficou meio aborrecida porque voltei para casa tão tarde. Fui obrigado a me desviar de umas azarações bem ruinzinhas que ela me lançou, mas agora já recuperei meus dedos.
 Estou despachando esta carta pela melhor coruja que tenho, na esperança de que ela chegue aí.
 Seu primo,
 Goodwin

Por esta carta, podemos avaliar como o jogo havia progredido em um século. A mulher de Goodwin devia ter jogado de "pegadora" – provavelmente o nome antigo para artilheira. O "pedraço" (sem dúvida o balaço) que atingiu Radulfo, o ferreiro, deveria ter sido rebatido por Ugga, que obviamente estava jogando como batedor, pois usava um bastão. Os gols já não eram troncos, mas barris no alto de estacas. No entanto, continuava a faltar um elemento essencial ao jogo: o pomo de ouro. O acréscimo da quarta bola do quadribol só foi ocorrer em meados do século XIII e de maneira curiosa.

Capítulo quatro
A chegada do pomo de ouro

Desde os primeiros anos da década de 1100, a caça ao Golden Snidget (Pomorim Dourado) gozou de grande popularidade entre bruxos e bruxas. Hoje, esse passarinho (ver Fig. B) é uma espécie protegida, mas naquela época era muito comum no norte da Europa, embora dificilmente fosse visto pelos trouxas, graças à sua habilidade de se esconder e à sua excepcional velocidade.

O tamanho diminuto do Pomorim, aliado à sua notável agilidade no ar e ao seu talento para fugir aos predadores, meramente aumentava o prestígio dos bruxos que o capturavam. Uma tapeçaria do século XII, conservada no Museu do Quadribol, mostra um grupo saindo à caça do Pomorim. No primeiro trecho da tapeçaria, alguns bruxos carregam redes, outros empunham varinhas e ainda outros tentam apanhar o passarinho apenas com as mãos. A tapeçaria revela que o passarinho era muitas vezes esmagado pelo caçador. No último trecho da tapeçaria, vemos o bruxo que o capturou recebendo uma bolsa de ouro.

A caça ao Pomorim Dourado era censurável por muitas razões. Todo bruxo de bom senso deve lamentar a destruição desses passarinhos amantes da paz em nome do esporte. Além disso, sua caça era em geral praticada em plena luz do dia, o que permitia a um maior número de trouxas avistarem mais vassouras voadoras do que em qualquer outra atividade bruxa. O Conselho de Bruxos da época, porém,

Fig. B

não conseguia reduzir a popularidade do esporte – parecia mesmo que o Conselho não considerava o esporte censurável, como veremos mais adiante.

A caça ao Pomorim Dourado finalmente cruzou o caminho do jogo do brejo em 1269 numa partida em que estava presente o próprio chefe do Conselho de Bruxos, Barbero Bragge. Conhecemos o episódio pelo testemunho de Madame Modéstia Rabnott de Kent enviado à sua irmã, Prudência, em Aberdeen (carta que também se encontra em exibição no Museu do Quadribol). Segundo Madame Rabnott, Bragge levou ao jogo uma gaiola com um Pomorim e anunciou aos jogadores reunidos que daria um prêmio de cento e cinquenta galeões (equivalentes a mais de um milhão de galeões hoje – se Bragge tinha ou não intenção de pagá-lo já é outra história) ao jogador que capturasse o passarinho durante a partida. Madame Rabnott explica o que aconteceu a seguir:

> Os jogadores levantaram voo como se fossem um só homem, desprezando a goles e os pedraços. Os dois goleiros abandonaram as cestas do gol e se juntaram à caçada. O coitadinho do pomorim voava para cima e para baixo procurando um jeito de escapar, mas os bruxos que assistiam ao espetáculo o forçavam a voltar com Feitiços Repelentes. Bom, Pru, você sabe o que eu sinto a respeito da caça ao pomorim e sabe o que acontece quando perco a paciência. Corri para o campo e berrei: "Chefe Bragge, isto não é esporte! Liberte o pomorim e nos deixe assistir ao nobre jogo do brejo que todos viemos ver!" Mas acredite, Pru, o bruto apenas riu e atirou a gaiola vazia em mim. Bom, aí vi vermelho, Pru, sem a menor dúvida. Quando o coitadinho do pomorim voou em minha direção, executei um Feitiço Convocatório. Você sabe como os meus Feitiços Convocatórios são bons, Pru — claro que foi mais fácil eu fazer pontaria porque não estava montada em uma vassoura naquele momento.
> O passarinho disparou para dentro da minha mão.
> Enfiei-o dentro das vestes e corri feito louca.
>
> Bom, eles me alcançaram, mas não antes de eu ter me distanciado do público e libertado o pomorim. O chefe Bragge ficou muito zangado e, por um momento, pensei que ia me transformar em um sapo chifrudo ou pior, mas felizmente os assessores dele o acalmaram e recebi apenas uma multa de dez galeões por interromper a partida. Naturalmente, nunca possuí dez galeões na vida, por isso lá se foi a minha velha casa.

*Em breve irei morar com você, mas me dou por feliz
que pelo menos não tenham me confiscado o hipogrifo.
E vou lhe confessar mais uma coisa, Pru, o chefe Bragge
teria perdido o meu voto se eu tivesse o direito de votar.
Sua irmã que muito a ama,
Modéstia*

A atitude corajosa de Madame Rabnott pode ter salvado um Pomorim, mas não pôde salvar todos. A ideia do chefe Bragge mudou para sempre a natureza do jogo do brejo. Não tardou muito passaram a soltar Pomorins Dourados em todas as partidas de quadribol, e um único jogador de cada time (o caçador) recebeu a tarefa exclusiva de apanhá-lo. Quando a ave era morta, o jogo terminava e o time do caçador ganhava cento e cinquenta pontos a mais para lembrar os cento e cinquenta galeões prometidos pelo chefe Bragge. Os espectadores se encarregavam de manter o Pomorim em campo por meio dos Feitiços Repelentes mencionados por Madame Rabnott.

Em meados do século seguinte, porém, o número de Pomorins Dourados se reduzira de tal modo que o Conselho de Bruxos, então presidido por Elfrida Clagg, que era uma bruxa muito mais esclarecida, declarou o Pomorim Dourado uma espécie protegida, proibindo tanto a sua caça quanto o seu uso em jogos de quadribol. Fundaram o Santuário do Pomorim Modéstia Rabnott, em Somerset, e procuraram freneticamente um substituto para o passarinho de forma a permitir a continuação do jogo do brejo.

Credita-se a invenção do pomo de ouro ao bruxo Bowman Wright de Godric's Hollow. Enquanto os times do jogo do brejo em todo o país tentavam encontrar um passarinho para substituir o pomorim, Wright, que era um competente encantador de metais, mergulhou na tarefa de criar uma bola que imitasse o comportamento e os padrões de voo do pomorim. É absolutamente óbvio que ele foi bem sucedido pelos muitos rolos de pergaminho que nos deixou ao morrer (hoje em poder de um colecionador particular), nos quais registra as muitas encomendas que recebeu de todo o país. O pomo de ouro, nome que Bowman deu à sua criação, era uma bola do tamanho de uma noz com o peso exato de um pomorim. Suas asas prateadas foram dotadas de juntas rotativas como as do passarinho, que lhe permitiam mudar de direção com a velocidade de um relâmpago e a precisão do seu modelo vivo. Ao contrário do pomorim, no entanto, o pomo fora enfeitiçado para permanecer dentro dos limites do campo. Podemos dizer que a introdução do pomo de ouro encerrou o processo iniciado trezentos anos antes no brejo de Queerditch. Nascia realmente o quadribol.

Capítulo cinco
Precauções antitrouxas

Em 1398, o bruxo Zacarias Mumps redigiu a primeira descrição completa do jogo de quadribol. Ele começou por enfatizar a necessidade de se estabelecerem medidas de segurança antitrouxas durante a realização dos jogos: "Escolham áreas de charnecas desertas, longe das habitações dos trouxas, e tomem medidas para não serem vistos depois de decolar com suas vassouras. Os feitiços para repelir trouxas são úteis se alguém pretende construir um campo permanente. É igualmente aconselhável que se jogue à noite."

Deduzimos que os excelentes conselhos de Mumps não foram seguidos porque, em 1362, o Conselho dos Bruxos proibiu os jogos de quadribol em um raio de oitenta quilômetros das cidades do país. Era evidente que a popularidade do jogo estava crescendo rapidamente porque o Conselho achou necessário emendar a lei de 1368 tornando ilegais os jogos a menos de cento e sessenta quilômetros de uma cidade. Em 1419, o Conselho publicou o decreto, cujo texto se tornou famoso, determinando que o quadribol não deveria ser jogado "próximo a lugar algum em que haja a mínima possibilidade de ser assistido por um trouxa ou veremos com que perícia o infrator jogará acorrentado à parede de uma masmorra".

Conforme todo bruxo em idade escolar sabe, o fato de voarmos em vassouras provavelmente é o nosso segredo mais mal guardado. Nenhuma ilustração de bruxas feita por trouxas está completa sem uma vassoura e, por mais absurdos que sejam tais desenhos (porque as vassouras representadas não se sustentariam no ar sequer por um instante), eles nos lembram que fomos descuidados durante séculos demais e que não devemos nos surpreender que vassouras e magia estejam indissoluvelmente ligadas na cabeça dos trouxas.

As medidas de segurança necessárias não entraram em vigor até o Estatuto Internacional de Sigilo em Magia de 1692 tornar os Ministérios da Magia nacionais diretamente responsáveis pelas consequências dos esportes praticados em seus territórios. Disso decorreu, na Grã-Bretanha, a criação do Departamento de Jogos e Esportes Mágicos. Os times de quadribol que desrespeitavam as diretrizes do ministério eram obrigados a se dissolver. O caso mais famoso de dissolução foi o dos Rojões de Banchory, um time escocês notório não somente por sua imperícia no quadribol quanto pelas festas que dava após os jogos. Depois que jogou em 1814 contra os Flechas de Appleby (veja Capítulo 7), os Rojões não somente deixaram seus balaços se perderem no céu noturno como saíram a capturar um dragão negro das Hébridas para adotar como mascote do time. Os representantes do Ministério da Magia os surpreenderam quando sobrevoavam Inverness, e os Rojões de Banchory nunca mais tornaram a jogar.

Nos dias atuais, os times de quadribol não jogam em suas sedes, mas viajam até os campos construídos pelo Departamento de Jogos e Esportes Mágicos, nos quais foram adotadas medidas de segurança antitrouxas permanentes. Conforme Zacarias Mumps sugerira tão sensatamente, há seiscentos anos, os campos de quadribol são mais seguros nas charnecas desertas.

Capítulo seis
Mudanças no quadribol a partir do século XIV

Campo

Zacarias Mumps conta que o campo do século XIV era um ovoide, de cento e cinquenta e dois metros de comprimento por cinquenta e cinco de largura, com uma pequena área circular de aproximadamente sessenta centímetros de diâmetro ao centro. Ele conta, ainda, que o juiz (ou quijuiz, como era conhecido então, fosse homem ou mulher) levava as quatro bolas até o círculo central rodeado pelos catorze jogadores. No instante em que as bolas eram liberadas (a goles era atirada pelo juiz – veja "Goles" mais adiante), os jogadores levantavam voo a toda velocidade. No tempo de Mumps, os gols ainda eram marcados em enormes cestas presas no alto de postes, conforme vemos na Fig. C.

Em 1620, Quíntio Umfraville escreveu um livro intitulado O *nobre esporte dos bruxos,* no qual havia um diagrama do campo do século XVII (veja Fig. D). Nele vemos o acréscimo do que hoje conhecemos como "pequena área" em cada extremidade do campo (veja "Regras" adiante). As cestas no alto dos postes eram muito menores e mais altas do que no tempo de Mumps.

Por volta de 1883, as cestas deixaram de ser usadas para a marcação de gols e foram substituídas pelas balizas que hoje usamos, uma inovação noticiada pelo *Profeta Diário* da época (veja adiante). A partir daí, o campo de quadribol não sofreu mais nenhuma mudança.

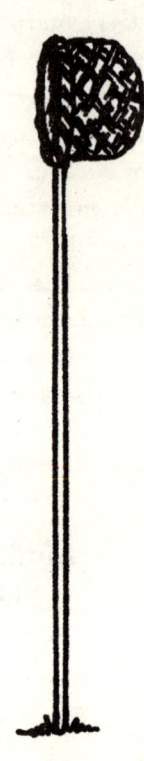

Fig. C

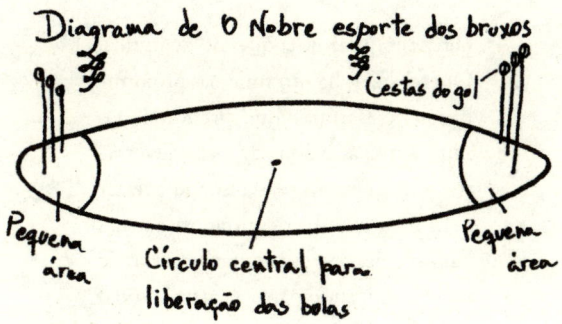

Fig. D

Devolvam as nossas cestas!

Era o que gritavam os jogadores de quadribol em todo o país, ontem à noite, quando se tornou evidente que o Departamento de Jogos e Esportes Mágicos decidira queimar as cestas usadas há séculos no quadribol para a marcação de gols.

"Não vamos queimar as cestas, não exagerem", disse um representante do Departamento com ar irritadiço à noite passada quando lhe pediram que comentasse a notícia. "As cestas, como vocês devem ter observado, são fabricadas em diferentes tamanhos. Constatamos que é impossível padronizar o tamanho das cestas de modo a igualar as balizas de gol em toda a Grã-Bretanha. Sem dúvida vocês são capazes de perceber que é uma questão de justiça. Quero dizer, há um time nas proximidades de Barnton que prende cestas minúsculas às balizas do time adversário, em que não se consegue acertar nem uma uva. Em contraposição, nas balizas deles há verdadeiras cavernas de vime balançando para cá e para lá. Não é direito. Definimos aros de tamanho fixo e já está decidido. De forma certa e justa."

Nesse momento, o representante departamental foi obrigado a se retirar sob uma saraivada de cestas atiradas por manifestantes furiosos que se aglomeravam no saguão. Embora duendes agitadores tenham levado a culpa pelo tumulto que se seguiu, não resta dúvida de que esta noite os fãs de quadribol em toda a Grã-Bretanha estão chorando o fim do jogo que conhecíamos.

"Não vai ser a mesma coisa sem as cestas", disse com tristeza um velho bruxo de bochechas redondas e coradas. "Eu me lembro de que, quando era rapaz, costumávamos atear fogo nas cestas durante a partida só para nos divertir. Não se pode fazer isso com aros. Acabaram com metade da graça."

Profeta Diário, 12 de fevereiro de 1883

Bolas
A Goles

Sabemos pelo diário de Trude Keddle que a goles, desde o início, foi feita de couro. Mas, das quatro bolas do quadribol, ela é a única que não foi enfeitiçada desde o início, era apenas uma bola de retalhos de couro, muitas vezes com uma alça (veja Fig. E) porque devia ser agarrada e atirada apenas com uma das mãos. Algumas goles antigas possuíam furos para os dedos. Porém, com a descoberta dos Feitiços Prendedores em 1875, as alças e furos para os dedos se tornaram desnecessários pois o artilheiro podia manter a mão presa no couro enfeitiçado sem qualquer outro auxílio.

A goles moderna mede trinta centímetros e meio de diâmetro e não tem costuras. Foi pintada de vermelho, pela primeira vez, no inverno de 1711, depois de uma partida em que a chuva pesada a tornou indistinguível do chão lamacento todas as vezes que caía. Acresce que os artilheiros estavam cada vez mais irritados com a necessidade de mergulhar continuamente até o chão para recuperar a goles todas as vezes que não conseguiam agarrá-la, por isso, pouco depois da goles ter mudado de cor, a bruxa Margarida Pennifold teve a ideia de enfeitiçar a bola de modo que, quando caísse, descesse lentamente em direção ao chão como se

Goles Antigas   Goles Moderna

Fig. E

estivesse afundando em água, o que permitia que os artilheiros pudessem agarrá-la ainda no ar. A "goles Pennifold" continua em uso até hoje.

Os Balaços

Os primeiros balaços (ou "pedraços") eram, como vimos, pedras voadoras, e na época de Mumps tinham sido meramente desbastadas para assumirem uma forma arredondada. Apresentavam, porém, uma importante desvantagem: podiam ser quebrados pelas maças magicamente reforçadas dos batedores do século XV, caso em que todos os jogadores passavam a ser perseguidos pelos fragmentos da pedra pelo resto da partida.

Provavelmente, deve ter sido esta a razão de alguns times de quadribol começarem a experimentar balaços de metal no início do século XVI. Ágata Chubb, especialista em artefatos mágicos antigos, já identificou nada menos que doze balaços de chumbo desse período, encontrados tanto em turfeiras irlandesas quanto em brejos ingleses. "São, sem a menor dúvida, balaços e não balas de canhão", escreve ela.

> As leves mossas dos bastões magicamente reforçados usados pelos batedores são visíveis, bem como as marcas inconfundíveis de manufatura bruxa (em oposição à trouxa) – a lisura da curvatura, a perfeita simetria.
> Um fato decisivo foi que cada um dos espécimes voou pelo meu escritório e tentou me derrubar no chão quando sua caixa foi aberta.

Com o tempo, os bruxos descobriram que o chumbo era demasiadamente macio para a fabricação de balaços (qualquer mossa deixada nele afetava sua capacidade de voar em linha reta). Atualmente, eles são feitos de ferro e têm vinte e cinco centímetros de diâmetro.

Os balaços são enfeitiçados para perseguir os jogadores sem discriminá-los. Se permitirmos que ajam livremente, eles atacarão o jogador mais próximo, donde a tarefa do batedor é rebater os balaços para o mais longe possível do seu próprio time.

O Pomo de Ouro

O pomo de ouro tem o tamanho de uma noz tal qual o Pomorim Dourado. É enfeitiçado para fugir à captura o maior tempo possível. Contam que houve um pomo de ouro que fugiu à captura durante seis meses na charneca de Bodmin em 1884 até que os dois times desistiram, desgostosos com a imperícia dos seus respectivos apanhadores. Os bruxos da Cornualha que conhecem aquela charneca insistem ainda hoje que o pomo continua a vagar ali em estado selvagem, embora eu não tenha conseguido confirmar tal história.

Jogadores
O Goleiro

A posição de goleiro com certeza existe desde o século XIII (veja Capítulo 4), embora sua função venha mudando desde então.

Segundo Zacarias Mumps, o goleiro

> deve ser o primeiro a chegar às cestas do gol, uma vez que é sua função impedir que a goles entre.
> O goleiro deve ter o cuidado de não se afastar demais para o lado do campo adversário para impedir que suas cestas sejam ameaçadas durante sua ausência.

Contudo, um goleiro veloz pode marcar um gol e voltar às suas cestas em tempo de impedir que o outro time empate. Cada goleiro deve decidir individualmente como agir.

Nesse texto, Mumps deixa claro que, em seu tempo, os goleiros desempenhavam a função de artilheiros, assumindo outras responsabilidades. Podiam se deslocar por todo o campo e marcar gols. Na época em que Quíntio Umfraville escreveu O *nobre esporte dos bruxos,* em 1620, porém, as funções do goleiro tinham sido simplificadas. Foram acrescentadas pequenas áreas ao campo e os goleiros eram aconselhados a permanecer dentro delas, guardando as cestas de gol, embora ainda pudessem se afastar numa tentativa de intimidar os artilheiros adversários ou impedir antecipadamente suas jogadas.

Os Batedores

Os deveres dos batedores mudaram muito pouco através dos séculos e é provável que eles tenham existido desde a introdução dos balaços. Sua primeira tarefa é proteger os jogadores de seu time dos balaços, o que eles fazem com o auxílio de bastões (no passado, com maças, vejam a carta de Goodwin Kneen no Capítulo 3). Os batedores nunca foram marcadores de gols, nem há qualquer indicação de que tenham usado a goles.

Esses jogadores precisam de grande força física para repelir os balaços. Portanto, sua posição, mais do que qualquer outra, em geral é ocupada por bruxos em vez de bruxas. Os batedores precisam ainda possuir um excelente senso de equilíbrio, porque, por vezes, torna-se necessário soltarem as duas mãos da vassoura para rebater um balaço com ambas.

Os *Artilheiros*

Artilheiro é a posição mais antiga no quadribol, pois outrora o jogo inteiro consistia em marcar gols. Eles atiram a goles um para o outro e marcam dez pontos todas as vezes que conseguem passá-la por dentro dos aros do gol.

A única mudança significativa nesta função ocorreu em 1884, um ano antes da substituição das cestas por aros de gol. Foi introduzida uma nova regra pela qual somente o artilheiro que estivesse carregando a goles podia penetrar na pequena área. Se mais de um artilheiro entrasse, o gol seria impedido. Tal regra destinava-se a banir a "escada" (ver "Faltas" adiante), uma jogada em que dois artilheiros entram na pequena área e empurram o goleiro para o lado, deixando o aro do gol desimpedido para um terceiro artilheiro marcar o gol. A reação a essa nova regra foi noticiada no *Profeta Diário* da época.

Nossos artilheiros não estão roubando!

Foi a exclamação chocada dos fãs do quadribol em toda a Grã-Bretanha, à noite passada, ao ser anunciada pelo Departamento de Jogos e Esportes Mágicos a criação da chamada "falta por uso de escada".

"Os casos de jogadores servirem de escada para outros têm aumentado", declarou ontem à noite um atormentado representante do Departamento.

"Cremos que a nova regra eliminará as graves contusões de goleiros que temos visto com demasiada frequência. Doravante, um artilheiro tentará bater o goleiro, em lugar de três artilheiros espancarem o goleiro. A jogada ficará mais clara e justa."

Nessa altura da entrevista o representante do Departamento foi forçado a se retirar, porque os populares furiosos começaram a bombardeá-lo com goles. Bruxos do Departamento de Execução das Leis da Magia chegaram para dispersar a multidão que ameaçava espancar o próprio Ministro da Magia.

Um garotinho de seis anos e cara sardenta abandonou o saguão em prantos.

"Eu adorava o rolo compressor", soluçou ele para o *Profeta Diário*. "Eu e o meu pai gostamos de ver os goleiros achatados no chão. Não quero mais assistir ao quadribol."

Profeta Diário, 22 de junho de 1884

O Apanhador

Em geral, os pilotos mais leves e mais velozes, os apanhadores precisam ter a visão aguçada e a habilidade de voar usando apenas uma das mãos ou nenhuma. Dada a sua imensa importância no resultado global da partida, pois a captura do pomo muitas vezes arranca a vitória das garras da derrota, os apanhadores são alvos do maior número de faltas dos jogadores do time adversário. De fato, embora um imenso charme envolva a posição de apanhador, porque são tradicionalmente os melhores pilotos em campo, eles são também os jogadores que recebem as piores contusões. "Tire o apanhador de campo" é a primeira regra em *A bíblia do batedor*, escrita por Bruto Scrimgeour.

Regras

As seguintes regras foram estabelecidas pelo Departamento de Jogos e Esportes Mágicos por ocasião de sua criação em 1750:

1. Embora não haja limitação à altitude a que um jogador ou uma jogadora podem voar durante uma partida, ele ou ela não podem deixar os limites do campo. Se um jogador ultrapassar esses limites, seu time deverá entregar a goles ao time adversário.

2. O capitão do time pode pedir "tempo" fazendo um sinal ao juiz da partida. Esse é o único momento em que é permitido aos jogadores encostarem os pés no solo durante a partida. O tempo solicitado pode ser prorrogado até duas horas se uma partida já durou mais de doze horas. Decorrido esse tempo, se um time não retornar ao campo será desclassificado.

3. O juiz poderá aplicar penalidades contra um time. O artilheiro que vai cobrá-la deverá voar do círculo central para a pequena área. Os demais jogadores, exceto o goleiro adversário, devem se manter bem afastados enquanto a penalidade é cobrada.

4. A goles pode ser roubada das mãos de outro jogador, mas em circunstância alguma um jogador poderá tocar em qualquer parte da anatomia do outro.

5. Em caso de contusão, nenhum jogador será substituído. O time continuará a partida sem o jogador contundido.

6. É permitido levar varinhas para o campo*, que, no entanto, não poderão ser usadas em circunstância alguma contra os jogadores do time adversário, as vassouras do time adversário, o juiz ou contra quaisquer das bolas ou espectador.

7. Uma partida de quadribol só terminará quando o pomo de ouro for capturado ou por consentimento mútuo dos capitães dos dois times.

Faltas

As regras naturalmente "foram feitas para serem desobedecidas". O Departamento de Jogos e Esportes Mágicos registra setecentas faltas em quadribol e sabe-se que todas ocorreram durante a final da primeiríssima Copa Mundial em 1473. Sua lista completa, porém, nunca foi divulgada. Na opinião do Departamento, os bruxos e bruxas que vissem a lista poderiam "ter ideias".

Por sorte tive acesso aos documentos referentes às faltas, ao pesquisar para este livro, e estou em posição de confirmar que o público em nada se beneficiaria com a sua divulgação. Em todo o caso, noventa por cento das faltas arroladas são impossíveis de praticar, enquanto estiver em vigor a proibição (imposta em 1538) de usar varinhas contra o time adversário. Os dez por cento restantes, posso afirmar com segurança, em sua maioria, não ocorreriam nem aos jogadores mais desleais; por exemplo, "tocar fogo na cauda da

---

* O direito de sempre portar uma varinha foi estabelecido pela Confederação Internacional dos Bruxos em 1692, quando a perseguição dos trouxas contra eles atingiu o auge e os bruxos planejaram se refugiar em esconderijos.

vassoura do adversário", "atacar a vassoura do adversário com uma maça", "atacar um adversário com um machado". Não queremos com isso dizer que os jogadores modernos de quadribol jamais infrinjam regras. Listamos a seguir dez faltas mais comuns. O termo correto para as mesmas, em quadribol, encontra-se na primeira coluna.

Nome	Aplicável a	Descrição
Mutretar	Todos os jogadores	Segurar a cauda da vassoura do adversário para retardá-lo ou atrapalhá-lo.
Trombar	Todos os jogadores	Voar com intenção de colidir.
Guidonar	Todos os jogadores	Engatar os cabos das vassouras visando desviar o adversário do seu curso.
Catimbar	Batedores apenas	Rebater o balaço para as arquibancadas, obrigando as autoridades a acorrer para proteger o público. Por vezes, a manobra é usada por jogadores inescrupulosos para impedir o artilheiro adversário de marcar um gol.
Acotovelar	Todos os jogadores	Uso excessivo de cotoveladas nos adversários.
Bloquear	Goleiro apenas	Enfiar qualquer parte da anatomia no aro do gol para empurrar a goles para fora. A função do goleiro é bloquear o aro pela parte da frente e não por trás.

Conduzir	Artilheiros apenas	Manter a mão na goles enquanto ela atravessa o aro do gol (a goles deve ser atirada).
Furar a goles	Artilheiros apenas	Danificar a goles, isto é, furá-la para que caia mais rápido ou em zigue-zague.
Roubar o pomo	Todos os jogadores, exceto o apanhador	Qualquer jogador, exceto o apanhador, que toque ou capture o pomo de ouro.
Fazer escada	Artilheiros apenas	Mais de um artilheiro penetrar na pequena área.

Juízes

No passado, arbitrar uma partida de quadribol era uma tarefa apenas para os bruxos e bruxas mais corajosos. Zacarias Mumps conta que um árbitro de Norfolk, chamado Ciprião Youdle, faleceu em 1357 durante um amistoso entre bruxos locais. O autor da maldição nunca foi apanhado, mas se acredita que foi um espectador. Embora não tenha havido nenhum assassinato comprovado de juízes desde então, houve várias ocorrências de adulteração de vassouras através dos séculos, a mais perigosa tendo sido a transformação da vassoura do juiz em uma chave de portal de modo a fazê-lo abandonar a partida no meio e reaparecer meses depois no deserto do Saara. O Departamento de Jogos e Esportes Mágicos baixou rigorosas diretrizes sobre as medidas de segurança a serem aplicadas às vassouras dos jogadores e, hoje em dia, tais incidentes são, felizmente, muito raros.

O juiz de quadribol eficiente precisa ser mais do que um piloto excepcional. Ele ou ela precisa observar as manobras de catorze jogadores ao mesmo tempo, donde a contusão mais comum de um juiz é, consequentemente, o torcicolo. Nas partidas pr ofissionais, o árbitro conta com dois assistentes que vigiam os limites do campo para garantir que nem os jogadores nem as bolas ultrapassem o perímetro exterior. Na Grã-Bretanha, os juízes de quadribol são selecionados pelo Departamento de Jogos e Esportes Mágicos. Eles são submetidos a rigorosos testes de voo e a um minucioso exame escrito sobre as regras do quadribol, além de comprovarem por meio de testes intensivos que não irão azarar nem enfeitiçar jogadores agressivos mesmo sob extrema pressão.

Capítulo sete
Times de quadribol
da Grã-Bretanha e da Irlanda

A necessidade de manter o jogo de quadribol secreto para os trouxas significa que o Departamento de Jogos e Esportes Mágicos precisou limitar o número de partidas jogadas a cada ano. Embora os jogos amadores sejam permitidos, desde que as diretrizes estabelecidas sejam cumpridas, o número de times de quadribol profissional foi limitado a partir de 1674 quando foi organizada a Liga de Quadribol. À época, o Departamento selecionou os treze melhores times de quadribol da Grã-Bretanha e da Irlanda para tomarem parte na Liga e solicitou que todos os outros se dispersassem. Os treze times continuam a competir todos os anos pela Taça da Liga.

Appleby Arrows (Flechas de Appleby)
Esse time do norte da Inglaterra foi fundado em 1612. Eles usam vestes azul-claras com o brasão de uma flecha pra-

teada. Os fãs dos Flechas irão concordar que a hora mais gloriosa do time foi aquela em que derrotaram, em 1932, o time campeão da Europa, os Abutres de Vratsa, em uma partida que durou dezesseis dias sob chuva e denso nevoeiro. O velho hábito dos torcedores do clube de atirar flechas para o alto com suas varinhas, todas as vezes que seus artilheiros marcavam um gol, foi proibido pelo Departamento de Jogos e Esportes Mágicos em 1894 quando um desses artefatos perfurou o nariz do juiz Nugento Potts. Há uma rivalidade tradicional entre os Flechas e as Vespas de Wimbourne, como veremos mais adiante.

Ballycastle Bats (Morcegos de Ballycastle)
Até o momento, o time de quadribol mais famoso da Irlanda do Norte ganhou a Taça da Liga um total de vinte e sete vezes, e se tornou o segundo time mais bem-sucedido na história da Liga. Os Morcegos usam vestes pretas com um morcego vermelho estampado no peito. Sua mascote famosa, um morcego frutívoro de nome Barny, é também muito conhecida por aparecer nos anúncios de cerveja amanteigada *(Barny diz: Morcegar só com cerveja amanteigada!)*.

Caerphilly Catapults (Catapultas de Caerphilly)
O Catapultas do País de Gales, que se formou em 1402, usa vestes com listras verticais verde-claras e vermelhas. A respeitável história do clube inclui dezoito vitórias em campeonatos da Liga e um famoso triunfo na final da Taça Europeia, em 1956, quando derrotou o time norueguês dos Papagaios de Karasjok. A trágica perda do seu jogador mais famoso, "Daí" Llewellyn, o Perigoso, devorado por uma quimera quando passava as férias em Mykonos, na Grécia, levou à decretação de um dia de luto nacional entre os

bruxos e bruxas galeses. A Medalha Comemorativa de Daí, o Perigoso, é atualmente concedida no fim da temporada ao jogador da Liga que tiver se exposto aos riscos maiores e mais eletrizantes durante uma partida.

Chudley Cannons (Canhões de Chudley)
Muitos consideram que os dias de glória do Canhões de Chudley já terminaram, mas seus leais fãs vivem na esperança de um renascimento. O Canhões ganhou a Taça da Liga vinte e uma vezes, a última em 1892, e seu desempenho no último século foi totalmente medíocre. O Canhões de Chudley usa vestes laranja-vivo com um brasão em que há uma bala de canhão em movimento e um "C" preto duplo. O lema do clube foi mudado em 1972 de "Nós venceremos" para "Vamos fazer figa e esperar o melhor".

Falmouth Falcons (Falcões de Falmouth)
O Falmouth Falcons (Falcões de Falmouth) usa vestes nas cores branco e cinza-chumbo com a cabeça de um falcão estampada no peito. O time é conhecido pelo jogo duro, uma reputação consolidada por seus batedores mundialmente famosos, Kevin e Carlos Broadmoor. Os dois jogaram pelo clube de 1958 a 1969 e suas faltas resultaram em nada menos que catorze suspensões aplicadas pelo Departamento de Jogos e Esportes Mágicos. O lema do clube: "Vamos vencer, mas, se não pudermos, arrebentamos o adversário!"

Holyhead Harpies (Harpias de Holyhead)
O Holyhead Harpies (Harpias de Holyhead) é um time galês muito antigo (fundado em 1203), único entre os times de quadribol do mundo, porque sempre foi formado apenas

por bruxas. As vestes do Harpias são verde-escuras e têm uma garra dourada no peito. A derrota infligida pelo Harpias ao Gaviões de Heidelberg em 1953 é considerada, pela maioria dos entendidos, uma das melhores partidas de quadribol a que já se assistiu. Com a duração de sete dias, o jogo foi encerrado com a espetacular captura do pomo pela apanhadora do Harpias, Dulce Griffiths. O capitão do Gaviões, Rodolfo Brand, num gesto que se tornou famoso, desmontou da vassoura no final da partida e pediu em casamento a capitã do time adversário, Gwendolyn Morgan, que o surrou com a sua Cleansweep Five.

Kenmare Kestrels (Francelhos de Kenmare)
Esse time irlandês foi fundado em 1291 e é mundialmente aplaudido pelas exibições animadas de suas mascotes *leprechauns* (duendes irlandeses) e pelas excelentes audições de harpa dos seus torcedores. O Francelhos usa vestes verde-esmeralda com um "F" e um "K" amarelos rebatidos sobre o peito. Darren O'Hare, goleiro do Francelhos de 1947 a 1960, foi capitão da equipe nacional irlandesa três vezes e é considerado o inventor da Formação de Ataque Cabeça-de-falcão para artilheiros (veja Capítulo 10).

Montrose Magpies (Pegas de Montrose)
O Magpies (Pegas) é o time de maior sucesso na história da Liga Britânica e Irlandesa, cuja taça eles ganharam trinta e duas vezes. Duas vezes campeão europeu, o Pegas tem fãs no mundo inteiro. Seus muitos jogadores excepcionais incluem a apanhadora Eunice Murray (falecida em 1942), que certa ocasião pediu que inventassem "um pomo mais veloz porque o que existe é fácil demais", e Hamish MacFarlan (capitão de 1957-68), que continuou a sua bem-

sucedida carreira no quadribol como chefe do Departamento de Jogos e Esportes Mágicos, função que desempenhou brilhantemente. O Pegas usa vestes nas cores preta e branca com uma pega estampada no peito e outra nas costas.

Pride of Portree (Orgulho de Portree)
Este time tem origem na Ilha de Skye onde foi fundado em 1292. O "Orgulho", como é conhecido por seus fãs, usa vestes roxo-escuras com uma estrela dourada no peito. Sua mais famosa artilheira, Catarina McCormack, capitaneou o time na conquista de duas Taças da Liga na década de 1960 e jogou pela Escócia trinta e seis vezes. Sua filha Meaghan joga atualmente como goleira no Orgulho. (Seu filho Kirley é o principal guitarrista na popular banda bruxa As Esquisitonas.)

Puddlemere United (União de Puddlemere)
Fundado em 1163, o Puddlemere United (União de Puddlemere) é o time mais velho da Liga. Puddlemere tem a seu crédito vinte e dois campeonatos da Liga e duas Taças Europeias. O hino do time, "Rebatam esses balaços, rapazes, e joguem essa goles para cá", foi recentemente gravado pela cantora bruxa Celestina Warbeck para angariar fundos para o Hospital St. Mungus para Doenças e Acidentes Mágicos. Os jogadores do Puddlemere usam vestes azul-marinho com o emblema do clube, dois juncos dourados cruzados sobre o peito.

Tutshill Tornados (Tornados de Tutshill)
O Tornados usa vestes azul-celeste com um "T" duplo, azul-escuro, no peito e nas costas. Fundado em 1520, o Tornados teve o seu período de maior sucesso no início do

século XX quando, capitaneado pelo apanhador Rodrigo Plumpton, ganhou a Taça da Liga cinco vezes seguidas, um recorde britânico e irlandês. Rodrigo Plumpton jogou como apanhador pela Inglaterra vinte e duas vezes e detém o recorde britânico pela captura mais rápida de um pomo em uma partida (três segundos e meio contra o Catapultas de Caerphilly em 1921).

Wigtown Wanderers (Vagamundos de Wigtown)
Esse clube de Borders foi fundado, em 1422, pelos sete filhos de um açougueiro bruxo chamado Válter Parkin. Os quatro irmãos e três irmãs formavam em todos os sentidos um time fantástico que raramente perdia um jogo, dizia-se que, em parte, pela intimidação que o time adversário sofria ao ver Válter postado a um lado do campo com uma varinha em uma das mãos e o cutelo de açougueiro na outra. Através dos séculos e em homenagem às suas origens, em geral há um descendente dos Parkin no time de Wigtown, cujos jogadores usam vestes vermelho-sangue com um cutelo prateado no peito.

Wimbourne Wasps (Vespas de Wimbourne)
O Wimbourne Wasps (Vespas de Wimbourne) usa vestes com listras horizontais amarelas e pretas com uma vespa no peito. Fundado em 1312, o Vespas venceu dezoito vezes o campeonato da Liga e foi duas vezes semifinalista da Taça da Europa. Acredita-se que seu nome vem de um incidente desagradável que ocorreu durante uma partida contra o Flechas de Appleby em meados do século XVII na qual um batedor, ao passar voando por uma árvore no perímetro do campo, notou um ninho de vespas entre os galhos e arremessou-o com uma bastonada em direção ao apanhador

do Flechas; este teve mordidas tão numerosas que precisou se retirar da partida. Wimbourne venceu e dali em diante adotou a vespa como seu emblema de sorte. Os fãs do Vespas (também conhecidos como "ferrões") tradicionalmente zumbem alto para distrair os artilheiros adversários que estão cobrando faltas.

Capítulo oito
A disseminação do quadribol pelo mundo

Europa

No século XIV, o quadribol já havia se firmado na Irlanda, de que é prova o relato de Zacarias Mumps sobre a partida de 1385: "Um time de bruxos de Cork foi a Lancashire para uma partida e ofendeu sua população ao imprimir uma fragorosa derrota aos heróis locais. Os irlandeses conheciam truques com a goles que ninguém nunca vira em Lancashire, e tiveram que fugir do povoado com medo de serem mortos ao verem os espectadores sacarem as varinhas e saírem em sua perseguição."

Várias fontes revelam que o quadribol já havia se espalhado por outras partes da Europa no início do século XV. Por um poema de Ingolfre, o Iâmbico, no início da década de 1400, sabemos que a Noruega foi uma das primeiras a se converter ao quadribol (teria Olavo, o primo de Goodwin Kneen, introduzido o jogo lá nos primeiros anos do século?):

Ah, a emoção da caça quando corto os ares,
o pomo à vista, o vento nos cabelos,
Eu quase a alcançá-lo, a plateia grita,
Mas surge um balaço e me atira no chão.

Por volta da mesma época, o bruxo francês Malecrit criou a seguinte fala em sua peça *Hélas, Je me suis Transfiguré Les Pieds (Ai de mim, transfigurei meus pés):*

> GRENOUILLE (RÃ): Hoje não posso ir ao mercado com você, Crapaud (Sapo).
> CRAPAUD (SAPO): Mas, Grenouille (Rã), não posso levar a vaca sozinho.
> GRENOUILLE (RÃ): Sabe, Crapaud (Sapo), eu vou ser goleiro agora de manhã. Quem vai impedir a goles de entrar se eu não estiver lá?

O ano de 1473 assistiu à primeiríssima Copa Mundial de Quadribol, embora as nações participantes fossem apenas europeias. A ausência de times de nações mais distantes pode ser debitada ao colapso das corujas que levaram as cartas-convites, à relutância dos convidados em fazer uma viagem tão longa e perigosa ou talvez porque preferissem simplesmente ficar em casa.

A final entre Transilvânia e Flandres entrou para a história como a mais violenta de todos os tempos, e muitas das faltas então registradas jamais haviam sido vistas – por exemplo, transformar um artilheiro em gambá, tentar decapitar o goleiro com uma espada e soltar por baixo das vestes do capitão transilvano cem vampiros que sugam sangue.

A Copa Mundial desde então tem sido realizada a cada quatro anos, embora somente no século XVII os times não europeus tenham entrado na competição. Em 1652, foi criada a Taça Europeia, que passou a ser disputada a cada três anos. Dos muitos e esplêndidos times europeus, talvez o **Vratsa Vultures** (Abutres de Vratsa), da Bulgária, seja o mais famoso. Sete vezes campeão da Taça Europeia, o Abutres forma, sem dúvida, um dos times mais eletrizantes para o público, pioneiros do gol longo (chutado bem de longe da pequena área) e sempre dispostos a dar a novos jogadores uma chance de fazerem seu nome.

Na França, o **Quiberon Quafflepunchers** (Furabolas de Quiberon), muitas vezes campeão da Liga, é renomado tanto por seu jogo confiante quanto por suas vestes rosa choque. Na Alemanha, encontramos o **Heidelberg Harriers** (Gaviões de Heidelberg), o time que mereceu o comentário antológico do capitão irlandês Darren O'Hare: "Eles são mais ferozes do que dragões e duas vezes mais inteligentes." Luxemburgo, uma nação sempre forte em quadribol, nos deu o **Bigonville Bombers** (Bombardeiros de Bigonville), festejados por suas estratégias ofensivas e por sempre figurarem entre os maiores marcadores de gols. O time português, a **Braga Broomfleet** (Frota de Vassouras de Braga), recentemente alcançou os níveis mais altos do esporte por seu sistema inovador de marcar batedores; e o polonês **Grodzisk Goblins** (Duendes de Grodzisk) indiscutivelmente nos deu o apanhador mais criativo do mundo, Josef Wronski.

Austrália e Nova Zelândia

O quadribol foi introduzido na Nova Zelândia durante o século XVII, aparentemente por um time de herboristas que esteve em expedição no país, pesquisando plantas e fungos mágicos. Contam que, após o longo dia de trabalho colhendo amostras, esses bruxos e bruxas se descontraíam jogando quadribol sob o olhar intrigado da comunidade mágica local. O Ministro da Magia da Nova Zelândia certamente gastou muito tempo e dinheiro para impedir que os trouxas se apoderassem da arte maori daquele período, em que se veem claramente retratados bruxos brancos jogando quadribol (as talhas e pinturas encontram-se atualmente em exibição no Ministério da Magia em Wellington).

Acredita-se que a disseminação do quadribol na Austrália tenha acontecido durante o século XVIII. Pode-se dizer que a Austrália é um território ideal para o esporte devido às grandes extensões desabitadas que existem no interior do país, em que se podem construir campos de quadribol.

Os times antípodas sempre eletrizaram o público europeu com sua velocidade e teatralidade. Entre os melhores contam-se o **Moutohora Macaws** (Araras de Moutohora), da Nova Zelândia, com suas famosas vestes vermelhas, amarelas e azuis e sua mascote, a fênix Faísca. O **Thundelarra Thunderers** (Trovões de Thundelarra) e o **Woollongong Warriors** (Guerreiros de Woollongong) têm dominado a Liga Australiana durante quase um século. A inimizade entre ambos é lendária na comunidade mágica australiana de tal modo que uma resposta popular a alguém que se gaba de ser capaz de fazer uma coisa improvável ou diz uma coisa igualmente improvável é: "Tá, e eu vou me oferecer para apitar a próxima partida do Trovões contra os Guerreiros."

África

A vassoura foi provavelmente introduzida na África pelos bruxos e bruxas europeus que viajavam àquele continente em busca de informação sobre alquimia e astronomia, disciplinas em que os bruxos africanos sempre foram particularmente peritos. Embora o quadribol não seja tão disseminado ali quanto na Europa, o jogo está se tornando cada dia mais popular por todo o continente africano.

Uganda, especialmente, está emergindo como uma nação onde é grande o interesse pelo quadribol. Seu clube mais notável, o **Patonga Proudsticks** (Presunçosos da Patonga), levou o Pegas de Montrose a um empate, em 1986, para espanto de grande parte do mundo que joga quadribol. Seis jogadores do Presunçosos recentemente representaram Uganda na Copa Mundial de Quadribol, o maior número de pilotos de um único time jamais reunido em uma equipe nacional. Outros africanos dignos de menção são o **Tchamba Charmers** (Encantadores de Tchamba), do Togo, mestres do passe invertido; o **Gimbi Giant-Slayers** (Mata-Gigantes de Gimbi), da Etiópia, bicampeões da Taça Africana; e o **Sumbawanga Sunrays** (Raios de Sol de Sumbawanga), da Tanzânia, um time popularíssimo cuja formação em *loop* encanta os espectadores do mundo inteiro.

América do Norte

O quadribol chegou ao continente norte-americano no início do século XVII, embora tenha se firmado lentamente ali em virtude do forte sentimento antibruxo infelizmente importado da Europa ao mesmo tempo que o jogo. A grande cautela exercida pelos colonizadores bruxos, muitos dos quais esperavam encontrar menos preconceitos no Novo Mundo, contribuiu para limitar o crescimento do jogo nos primeiros tempos.

Ultimamente, no entanto, o Canadá nos deu três dos times de quadribol mais bem treinados do mundo: o **Moose**

Jaw Meteorites (Meteoritos Queixada-de-Alce), o **Haileybury Hammers** (Martelos de Haileybury) e o **Stonewall Stormers** (Tropas de Assalto de Stonewall). O Meteoritos foi ameaçado de dissolução em 1970 por sua insistência em sobrevoar cidades e povoados vizinhos, para comemorar suas vitórias, soltando faíscas das caudas das vassouras. O time hoje em dia restringe essa tradição aos limites do campo no final das partidas e, com isso, seus jogos continuam a ser uma grande atração turística bruxa.

Os Estados Unidos não produziram tantos times de quadribol de classe mundial quanto outras nações porque o jogo teve como concorrente uma modalidade americana de esporte em vassoura, o Trancabola. Variante do quadribol, aquele jogo foi inventado no século XVIII pelo bruxo Abraham Peasegood que, ao imigrar para os Estados Unidos, levara com ele uma goles, com a intenção de recrutar um time de quadribol. Conta a história que a goles de Peasegood inadvertidamente entrou em contato com a ponta da varinha do bruxo dentro do seu malão, e que quando ele finalmente a retirou da mala e começou a jogá-la para cá e para lá, a bola explodiu em seu rosto. Peasegood, que, pelo visto, possuía um inabalável senso de humor, prontamente dispôs-se a recriar o mesmo efeito com uma série de bolas de couro e, em pouco tempo, esqueceu completamente o quadribol e inventou, com os amigos, um jogo centrado nas qualidades explosivas da goles rebatizada de "bola".

Em um jogo de Trancabola, há onze jogadores de cada lado. Esses passam a bola, ou goles modificada, de jogador para jogador visando chegar à extremidade do campo e enfiá-la, antes de explodir, no "caldeirão" colocado ali. O jogador que estiver de posse da bola quando ela explodir tem que abandonar o campo. Uma vez que a bola esteja segura no "caldeirão" (uma vasilha pequena contendo uma solução que impede a bola de explodir), o time que marcou o gol ganha um ponto e uma nova bola é trazida para o campo. O Trancabola fez algum sucesso na Europa como esporte minoritário, embora a imensa maioria de bruxos continue fiel ao quadribol.

Apesar dos encantos rivais do Trancabola, o quadribol vem ganhando popularidade nos Estados Unidos. Dois times recentemente chegaram ao nível internacional: O **Sweetwater All-Stars** (All-Stars de Sweetwater) do estado do Texas, que teve uma merecida vitória contra o Furabolas de Quiberon em 1993 ao final de uma emocionante partida de cinco dias; e o **Fitchburg Finches** (Azulões de Fitchburg) de Massachusetts que, até o momento, já venceu o campeonato da Liga Americana sete vezes e cujo apanhador, Máximo Brankovitch Neto, foi capitão da equipe norte-americana nas últimas duas copas mundiais.

América do Sul

O quadribol é jogado em toda a América do Sul, embora o jogo precise competir com o popular Trancabola tal como no continente norte-americano. A Argentina e o Brasil chegaram às quartas de final na Copa Mundial do século passado. Sem dúvida a nação mais talentosa em quadribol na América do Sul é o Peru que, segundo se comenta, deverá se tornar o primeiro campeão latino-americano nos próximos dez anos. Acredita-se que os bruxos peruanos conheceram o quadribol por intermédio dos bruxos europeus enviados pela Confederação para monitorar a população de vipertooths (dentes-de-víbora), o dragão nativo do Peru.

O quadribol tornou-se uma verdadeira obsessão para a comunidade bruxa local desde então, e seu mais famoso time, o **Tarapoto Tree-Skimmers** (Rasa-árvores de Tarapoto), recentemente, fez uma excursão pela Europa em que foi muito aplaudido.

Ásia

O quadribol jamais atingiu grande popularidade no Oriente, pois as vassouras voadoras são uma raridade em países onde o modo de viajar preferencial ainda é o tapete. Os ministérios da magia em países como Índia, Paquistão, Bangladesh, Irã e Mongólia, todos os quais mantêm um próspero comércio de tapetes voadores, encaram o quadribol com desconfiança, embora o esporte tenha alguns fãs entre os bruxos e bruxas de rua.

A exceção a essa regra geral é o Japão, onde o quadribol ganhou constante popularidade no século passado. O time japonês mais bem-sucedido, o **Toyohashi Tengu,** perdeu por pouco uma vitória sobre o Gárgulas de Gorodok da Lituânia, em 1994. O ritual japonês de atear fogo às vassouras em caso de derrota é, no entanto, considerado pelo Comitê de Quadribol da Confederação Internacional dos Bruxos um desperdício de madeira de lei.

Capítulo nove
A invenção da vassoura de corrida

Até princípios do século XIX, o quadribol era jogado em vassouras comuns de qualidade variável. Tais vassouras representavam um enorme progresso com relação às suas antecessoras medievais; a invenção do Feitiço Amortecedor por Elliot Smethwyck, em 1820, contribuiu muitíssimo para tornar as vassouras mais confortáveis do que nunca (veja Fig. F). Mas, de um modo geral, as vassouras do século XIX não tinham potência para atingir grande velocidade e eram muitas vezes difíceis de controlar a altitudes elevadas. Além disso, elas eram, na maioria das vezes, produzidas por bruxos artesãos à mão e, embora fossem admiráveis do ponto de vista de estilo e requinte, seu desempenho raramente estava à altura de sua bela aparência.

Um bom exemplo é a **Oakshaft 79** (assim chamada por ter sido criada em 1879). Produzida pelo vassoureiro Elias Grimstone, de Portsmouth, a Oakshaft é uma bela peça, com um grosso cabo de carvalho, projetada para grande autonomia de voo e resistência aos ventos de altitude. Hoje, a Oakshaft é uma vassoura de época muito apreciada, mas as tentativas de usá-la para jogar quadribol nunca foram bem-sucedidas. Excessivamente pesada nas curvas em alta velocidade, jamais gozou de popularidade entre os jogadores que preferiam a agilidade à segurança, mas será sempre lembrada como a vassoura em que Jocunda Sykes fez a primeira travessia do Atlântico em 1935. (Até então, os bruxos preferiam viajar de navios, em vez de confiar em vas-

Efeito do Feitiço Amortecedor (invisível)

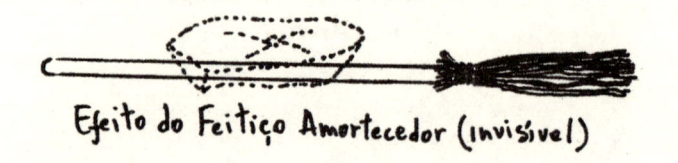

Fig. F

souras para vencer longas distâncias. A aparatação torna-se tanto menos confiável quanto maior for a distância e é uma imprudência, exceto para bruxos de grande perícia, tentar usá-la para cruzar continentes.)

A **Moontrimmer,** criada por Gladis Boothby em 1901, representou um salto de qualidade na construção de vassouras e, por algum tempo, houve uma grande demanda dessas peças finas com cabos de freixo. A principal vantagem da Moontrimmer sobre outras era sua capacidade de atingir altitudes mais elevadas do que as existentes (e permanecer controlável a tais altitudes). Gladis Boothby, porém, não teve capacidade de produzir Moontrimmers na quantidade exigida pelos jogadores de quadribol. O lançamento de uma nova vassoura, a **Silver Arrow,** chegou em boa hora e foi a verdadeira precursora da vassoura de corrida, alcançando velocidades muito maiores do que a Moontrimmer ou a Oakshaft (até cento e doze quilômetros por hora com o vento de cauda), mas, como as anteriores, foi trabalho de um único bruxo (Leonardo Jewkes) e a demanda novamente ultrapassou a produção.

A solução surgiu em 1926 quando os irmãos Roberto, Guilherme e Barnabé Ollerton abriram a Companhia de Vassouras Cleansweep. Seu primeiro modelo, a **Cleansweep One,** foi produzido em quantidade jamais vista e comercializada como uma vassoura de corrida especificamente projetada para uso esportivo. A Cleansweep teve um sucesso instantâneo e irrefreável, fazia curvas como nenhuma vassoura fizera antes e, em um ano, todos os times de quadribol do país estavam montando Cleansweeps.

Os irmãos Ollerton, porém, não continuaram a dominar o mercado de vassouras de corrida por muito tempo. Em 1929, uma segunda companhia de vassouras de corrida foi fundada por Randolfo Keitch e Basílio Horton, ambos jogadores do Falcões de Falmouth. A primeira vassoura da Companhia de Comércio Comet foi a **Comet 140,** por ter sido esse o número de modelos testados por Keitch e Horton antes do seu lançamento. O Feitiço de Freagem patenteado pelos dois diminuiu a probabilidade dos jogadores de quadribol fazerem lançamentos além das balizas ou voar fora dos limites do campo, e, em consequência, a Comet se tornou a vassoura preferida de muitos times britânicos e irlandeses.

Quando a concorrência entre a Cleansweep e a Comet se tornou mais intensa, acentuada pelo lançamento das Cleansweeps Two e Three, mais aperfeiçoadas, respectivamente em 1934 e 1937, e a Comet 180 em 1938, outros fabricantes de vassouras foram surgindo por toda a Europa.

A **Tinderblast** foi lançada no mercado em 1940. Produzida por uma companhia na Floresta Negra, a Ellerby e Spudmore, a Tinderblast é uma vassoura de excepcional flexibilidade, embora jamais tenha atingido as velocidades superiores das Comets e Cleansweeps. Em 1952, a Ellerby e Spudmore lançou um novo modelo, a **Swiftstick.** Mais veloz do que a Tinderblast, a Swiftstick, no entanto, tinha uma tendência a perder potência durante a subida e nunca foi usada por times profissionais de quadribol.

Em 1955, a Universal Vassouras Limitada apresentou a **Shooting Star,** a vassoura de corrida mais barata até o presente momento. Infelizmente, depois de uma explosão inicial de popularidade, constatou-se que a Shooting Star perdia velocidade e altura à medida que envelhecia, e a Universal Vassouras fechou as portas em 1978.

Em 1967, porém, o mundo das vassouras foi eletrizado pela formação da Companhia Nimbus de Vassouras de Corrida. Nunca se vira nada semelhante à **Nimbus 1000.** Com velocidades até cento e sessenta quilômetros por hora, capaz de fazer um giro de 360 graus em torno de um ponto fixo no ar, a Nimbus combinava a confiabilidade da velha Oakshaft 79 com a facilidade de manejo da melhor Cleansweep. A Nimbus tornou-se imediatamente a vassoura preferida pelos times profissionais de quadribol em toda a Europa, e os modelos subsequentes (1001, 1500 e 1700) têm mantido a companhia no primeiro lugar do mercado.

A **Twigger 90,** lançada em 1990, destinava-se, segundo seus fabricantes, Flyte e Barker, a substituir a Nimbus na liderança do mercado. No entanto, embora essa vassoura tivesse um acabamento requintado e incluísse vários recursos, tais como um aviso sonoro e correção automática de rumo, descobriu-se que a Twigger empenava em alta velocidade, e ela acabou ganhando a má reputação de ser voada por bruxos que possuíam mais galeões do que bom senso.

Capítulo dez
O quadribol hoje

O quadribol continua a emocionar e a obcecar seus muitos fãs no mundo inteiro. Hoje, todo torcedor que compra entrada para uma partida de quadribol tem a garantia de assistir a uma competição sofisticada entre pilotos altamente qualificados (a não ser, é claro, que o pomo seja capturado nos primeiros cinco minutos da partida, caso em que todos se sentem enganados). Nada comprova melhor nossa afirmação do que os movimentos complicados que foram inventados durante a longa história do esporte por bruxos e bruxas ansiosos por levar o jogo e eles mesmos o mais longe possível. Descrevemos alguns desses movimentos a seguir:

Bludger Backbeat (Rebate Falso)

Uma jogada em que o batedor gira o bastão e rebate o balaço para trás em vez de para a frente. É difícil executá-la com precisão, mas a manobra é excelente para confundir os adversários.

Dopplebeater Defence
(Dupla-Defesa de Batedores)

Os dois batedores rebatem o balaço ao mesmo tempo para lhe imprimir maior impulso, produzindo um contra-ataque de grande impacto.

Double Eight Loop (Defesa de Oito Duplo)
Defesa de goleiro, em geral usada contra o jogador que cobra uma penalidade, na qual o goleiro contorna os três aros do gol em alta velocidade para bloquear a goles.

Hawkshead Attacking Formation
(Formação de Ataque Cabeça-de-Falcão)
Os artilheiros formam um V e voam juntos em direção às balizas. Esta formação intimida fortemente o time adversário e força os outros jogadores a se afastarem para os lados.

Parkin's Pincer (Pinça de Parkin)
Recebe esse nome em homenagem à equipe original do Vagamundos de Wigtown, ao qual é atribuída a invenção desse movimento. Dois artilheiros assediam o artilheiro adversário, um de cada lado, enquanto um terceiro voa de frente diretamente contra ele ou ela.

Plumpton Pass (passe de Plumpton)
Movimento de apanhador: uma guinada aparentemente displicente em que ele recolhe o pomo para dentro da manga. Seu nome é uma homenagem a Rodrigo Plumpton, apanhador do Tornado de Tutshill, que empregou tal movimento em sua famosa captura recorde do pomo em 1921. Embora alguns críticos digam que o movimento foi acidental, Plumpton afirmou até o dia de sua morte que agiu intencionalmente.

Porskoff Ploy (Ardil de Porskoff)
O artilheiro de posse da goles voa para o alto, levando os artilheiros adversários a acreditarem que ele está tentando

se livrar deles para marcar, e então atira a goles para outro artilheiro do seu time que já está à sua espera para agarrá-la. É essencial uma perfeita sincronia de tempo. O nome da manobra é uma homenagem à artilheira russa Petrova Porskoff.

Reverse Pass (Passe de Revés)
Um artilheiro lança a goles por cima do ombro para um companheiro de time. É difícil acertar.

Sloth Grip Roll (Giro da Preguiça)
O jogador se pendura por baixo da vassoura, agarrando-se firmemente ao cabo com os pés e as mãos, para evitar um balaço.

Starfish and Stick (Pêndulo Estrela-do-Mar)
Defesa de goleiro em que ele segura a vassoura horizontalmente com uma das mãos, prende o pé no cabo e estica braços e pernas (veja Fig. G). A Estrela-do-Mar jamais deve ser tentada sem uma vassoura.

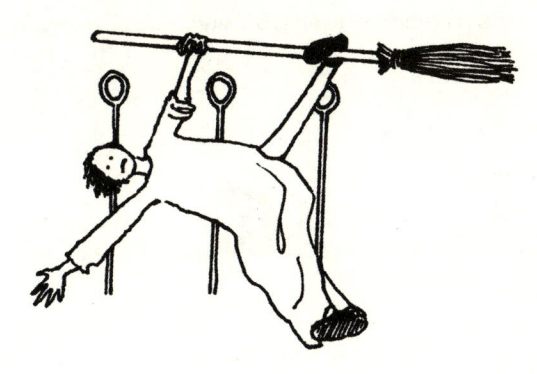

Fig. G

Transylvanian Tackle
(Faz-que-Vai da Transilvânia)
Observado pela primeira vez na Copa Mundial de 1473, é a simulação de um soco direto no nariz. Desde que não haja contato, o movimento não é ilegal, embora seja difícil evitá-lo quando os dois jogadores estão voando em alta velocidade.

Woollongong *Shimmy*
Aperfeiçoado pelos Guerreiros Woollongong da Austrália, esse *shimmy* é um movimento de zigue-zague em alta velocidade, feito com intenção de desmontar o artilheiro adversário de sua vassoura.

Wronski Feint (Finta de Wronski)
O apanhador dispara em direção ao solo fingindo ter avistado o pomo lá embaixo, mas se recupera do mergulho antes de atingir o campo. O movimento visa obrigar o apanhador adversário a imitá-lo e colidir com o chão. Seu nome é uma homenagem ao apanhador polonês Josef Wronski.

Não há dúvida de que o quadribol passou por tantas mudanças que se tornou irreconhecível desde que Trude Keddle viu pela primeira vez "aqueles idiotas" jogando no brejo de Queerditch. Se fosse viva hoje, ela também teria se emocionado com a poesia e a força do quadribol. Que o jogo continue a evoluir por muitos anos e que as futuras gerações possam continuar a apreciar o mais glorioso dos esportes!

Este livro foi impresso na Editora JPA Ltda.,
Av. Brasil, 10.600 – Rio de Janeiro – RJ,
para a Editora Rocco Ltda.